SECONDE ÉPITRE

A M. L'ABBÉ SICARD.

SECONDE ÉPITRE

A M. L'ABBÉ SICARD,

OU

HISTOIRE,

EN VERS BURLESQUES,

D'UNE PARTIE DES FOLIES ET DES CRIMES

DU CORSE EMPEREUR,

DEPUIS SON ENTRÉE EN ÉGYPTE JUSQU'A SA DÉPORTATION
A L'ÎLE SAINTE-HÉLÈNE;

PAR M. L'ABBÉ DAVID.

Sunt qui dicunt me non esse poetam,
E ver . dicunt : cur ? quia vera loquor.

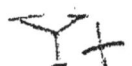

IMPRIMERIE DE LE NORMANT, RUE DE SEINE.

1817.

PRÉFACE.

—

VOICI une histoire bien pénible et bien dé-
goûtante pour un homme qui a toujours eu
horreur de la médisance. Ceux qui connoissent
l'auteur seront étonnés de son entreprise; mais
qu'ils réfléchissent qu'un usurpateur aussi fourbe
et aussi cruel doit être mis hors de l'humanité.

Cette histoire ne commence qu'à l'entrée de
ce fléau de Dieu en Egypte. L'auteur croit que
toute l'Europe connoît sa conduite à Toulon
lors de la reprise de cette ville; personne n'i-
gnore que ce fut ce monstre qui commanda les
fusillades qui firent périr tant de fidèles Tou-
lonnais, condamnés par les brigands sortis du
Thémistocle, dont on avoit fait des juges : c'est
après ces barbares assassinats qu'il écrivit à la
Convention la lettre qui suit, qui est bien un
brevet de terrorisme. La voici :

« Citoyens Représentans,

« C'est du champ de la gloire, marchant
» d ans le sang des traîtres, que je vous an-
» nonce avec joie que vos ordres sont exécutés,
» et que la France est vengée. Ni l'âge ni le
» sexe n'ont été épargnés. Ceux qui avoient été
» seulement blessés par le canon républicain
» ont été dépêchés par le glaive de la liberté
» et par la baïonnette de l'égalité. »

Signé BRUTUS BONAPARTE,
citoyen sans-culotte.

Personne n'ignore que sa barbare conduite
à Toulon le fit destituer comme terroriste, et
qu'il fut arrêté à Nice, ainsi que son cher beau-
frère Murat.

Tous les Français connoissent aussi la cruelle
catastrophe du 13 vendémiaire, où cet assassin
fit massacrer sans pitié tant de paisibles citoyens.

Ce qu'on ne sait peut-être pas, c'est que,
pour s'emparer de la république de Venise, il

fit assassiner par des Piémontais tous les soldats malades ou blessés qui étoient dans les hôpitaux de Vérone. Pourquoi commit - il ce crime atroce? Pour en faire accuser l'Etat de Venise, et pour avoir un prétexte pour conquérir tout son territoire, dans un temps où cette république étoit sans défense.

Le général Belpuci, qui servoit alors cet assassin, et que l'auteur a connu dans la prison du Temple, a dit à tous les prisonniers qu'il avoit été témoin au paiement des assassins.

Tout le monde sait qu'il devoit son élévation à M. de Barras, et personne n'ignore avec quelle ingratitude il l'a traité. Un usurpateur sans morale, sans honneur, sans probité, sans justice, sans religion et sans humanité, ne mérite aucun ménagement. Le tableau des crimes et des perfidies d'un pareil monstre peut être de quelque utilité, même à ceux qui auroient le malheur de lui ressembler.

Certains de ses partisans lui accordent de l'esprit; je ne sais pas s'il en avoit; mais je sais très-bien qu'il n'avoit pas d'âme. D'autres lui supposent des talens militaires ; j'ai bien connu deux généraux qui en avoient réellement, mais ces deux braves, Moreau et Pichegru, étoient économes du sang de leurs soldats, et lui a toujours fait la guerre à coups d'hommes.

On ne peut pas avoir de vrais talens militaires sans avoir de la bravoure, de la justice, de la probité et de l'humanité. Il a déserté cinq fois ; un général peut-il avoir de la bravoure et laisser ses armées dans les plus grands dangers ? Non : mille fois non.

SECONDE ÉPITRE
A M. L'ABBÉ SICARD.

PROLOGUE.

En m'éveillant je cours à mon pupître;
Là , cher abbé, je relis mon épître; ..... (*)
Sur peu de mots pris à tort, à travers,
Je trouve écrits sept cent trente-deux vers.

Quoi ! direz-vous, sur quelques mots grotesques
Pouvez-vous faire autant de vers burlesques?
Oui : là dessus n'allez pas chicaner;
Car jusqu'ici je n'ai fait que glaner;
Si j'entr'ouvrois leurs poudreuses archives ;
Si je glosois sur leurs lois destructives;
Jusqu'à l'ennui j'aurois de quoi blâmer,
Et pour mille ans j'aurois de quoi rimer;

(*) Première Épître à M. l'abbé Sicard , sur les mots de la
révolution.

Mais ces mots durs pour le cœur, pour l'oreille,
Méritent-ils qu'on médite et qu'on veille ?
Non : ce fatras à l'âme fait horreur ;
N'en parlons plus. Attaquons l'empereur.

Mais pour vous faire une exacte peinture
De ce Satan, vrai monstre d'imposture,
Il me faudroit le pinceau de Milton,
Et le tremper dans l'eau du Phlégéton.

Ah ! si j'avois la plume d'un tel maître,
Je peindrois bien la rage de ce traître ;
Mais je n'ai pas d'assez noires couleurs
Pour le portrait de ce chef de voleurs.

Oui, Milton seul pourroit peindre ses vices,
Sa folle rage, et ses noirs artifices.
Bornons-nous donc à tracer ses forfaits,
Disons le mal qu'il fit aux bons Français.

———

(I.) Ce fils du greffier du tribunal d'Ajaccio
est le tyran le plus fourbe et le plus cruel
qui ait existé.

Mais d'où sortit un despote si diable,
A qui l'enfer n'eut rien de comparable ?
D'Ajaccio nous vint ce fanfaron,
Bien plus cruel que Tibère et Néron !

Né sans talent; mais tout pétri d'audace,
De nos Bourbons il vient prendre la place.

Lui, ses parens, furent pourtant nourris,
Même éduqués par les soins de Louis; ..... (1)
Mais cet ingrat, tout aussi fou qu'injuste,
Veut dépouiller cette famille auguste.

Si Dieu se sert de lui pour nous punir,
Hélas! jamais il ne put mieux choisir!
Sylla, Nadir, le Vieux de la Montagne,
N'égalent pas le Sinon de l'Espagne...... (2)
Caligula, Gengis, et Tamerlan,
Sont des Titus auprès de ce tyran.
Aucun mortel ne commit tant de crimes,
Aucun bourreau ne fit tant de victimes.

Très-rarement la nature en courroux
Donne le jour à des tyrans si fous;
Quand de ses mains un tel monstre découle,
En frémissant elle en brise le moule,
Pour mettre au jour ce vil orang-outang,
Elle broya des crimes et du sang.
Il en sortit ce tigre misanthrope,
Qui fit frémir et l'Afrique et l'Europe.
Partout ce monstre a détrôné des rois;
Enfin partout il a dicté des lois.

(II.) En Egypte, il fit semblant d'embrasser
l'Islamisme, pour tromper les Egyptiens.

Les bords du Nil ont vu ce crocodile,
Pour l'Alcoran renier l'Evangile , ... (3)
Et ce démon, qui ne croit pas en Dieu,
Semble adopter le rit de chaque lieu.

Mopses, tremblez ! sa feinte tolérance
Doit vous donner beaucoup de défiance.
Ce renégat se dira musulman;
Mais c'est un monstre, un atroce tyran ,
Qui pour tromper embrasse tous les cultes,
Et qui dans peu vous fera mille insultes.
Dans la mosquée on l'a vu s'incliner;
Bientôt ce fourbe ira vous ruiner.

L'assassinat, le vol , le brigandage,
Sont les ébats de cet antropophage.
Ceux de Jaffa seront assassinés, ... (4)
Et ses soldats seront empoisonnés...... (5)
Ces deux forfaits ne sont que le prélude
Des cruautés dont il prend l'habitude.

(III.) Il déserte d'Egypte, emporte la caisse
de son armée, vient en France, où il se fait
nommer dictateur, sous le nom de *premier
consul*.

Cet ante-christ saccage le Delta,
Vole l'armée, ensuite déserta.

Ce cruel tigre aborda sur nos côtes.
Qui peut compter ses crimes et nos fautes !
Postérité, pourras-tu croire un jour
Tous les malheurs que causa son retour ?
Pour tout troubler il falloit des ressources,
Il prit nos fils et fouilla dans nos bourses.

Toute l'armée, au lieu de nous venger,
Livra la France à ce vil étranger.
Hélas ! pourtant, la sage loi salique..... (6)
Avoit exclu ce Corse frénétique !
Oui : mais le ciel choisit cet apostat
Pour nous punir de ce noir attentat,
Qui fut commis en l'an quatre-vingt-treize,
Malgré les soins de Tronchet et Desèze.

Pourquoi punir ceux qui n'étoient pour rien
Dans les tourmens de cet homme de bien.
Hélas ! la France est complice du crime !
Pour n'avoir pas défendu la victime,
Le ciel punit, comme complicité,
Notre inertie et notre lâcheté.

Suffisoit-il de répandre des larmes ?
Non : il falloit, pour lui, prendre les armes.

──────

IV.) Le 3 nivose le fait nommer consul
à vie.

Vint le moment où ce Corse cruel
Se fit nommer consul perpétuel.....(7)

Quand du pouvoir il eut saisi les rênes,
Que de fléaux ! que de morts ! que de chaînes!
On eut sous lui, des consuls, un sénat,
Et des questeurs, et même un tribunat;
Mais ces beaux noms si respectés dans Rome
Pour nous régir ne valoient pas un homme.

———

(V.) Louis-le-Désiré fut assassiné à Dillingen,
faillit à être empoisonné à Warsovie, et fut
obligé de se retirer en Angleterre.

C'est à Mittau qu'étoit le Souverain,
Un vrai Titus, l'ami du genre humain ;
Pour se soustraire aux poisons du bravache,
Ce divin prince en Courlande se cache.

A Dillingen il fut assassiné...... (8)
A Varsovie on l'eût empoisonné..... (9)
Pour éviter les fureurs du soudrille
Il faut qu'il fuye ainsi que sa famille.

Protége, ô ciel ! ces illustres proscrits !
Délivre-nous des assassins maudits !
Qui, pour régner, dépeuplent nos provinces,
Et dans leur rage assassinent nos princes!

Pour les soustraire aux coups du champion,
Fais-les, Grand Dieu! sauver dans Albion!
Hélas! cette île est la seule retraite,
Sûre pour eux durant notre tempête.

Ah! si d'Enghien eût fui le continent,
Notre avenir seroit moins chagrinant;
Il déploîroit sa bravoure et sa force,
Pour nous soustraire à la rage du Corse.

———

(**VI.**) L'assassinat du brave duc d'Enghien
le fait nommer empereur. Ce crime horrible
fut exigé par les régicides.

LE régicide offre à l'usurpateur
De l'élever au grade d'empereur;
Mais il lui faut pour gage un très-grand crime ;
L'Univers sait quelle fut sa victime.

Le beau Condé logé dans Etenheim......(10)
Y fut saisi par ce monstre inhumain;
Sans nul délai, fut conduit à Vincennes
Et fusillé par des énergumènes.

S'il fût allé sur les bords de l'Humber,
Il eût paré les coups du Lucifer;
Mais ce héros eut trop de confiance,
Et connut mal le Néron de la France.
Son sort cruel fit doublement horreur,
Quand son bourreau devint notre empereur.

Oui : c'est sa mort qui produisit l'empire,
De tous nos maux certes ce fut le pire!
Cet assassin va se faire sacrer,
Hélas! pourquoi ne pas le massacrer..... (11)

On eût sauvé grand nombre de victimes,
Et prévenu bien des maux, bien des crimes.
Il est humain d'immoler un méchant,
Quand il se livre à son cruel penchant..... (12)

(VII.) Assassinat de Pichegru, Georges,
Wricht, et de tant d'autres.

Ah! frémissons, ses lâches satellites,
Vont lui donner un pouvoir sans limites.
Vous, Pichegru! brave Wricht! vous, Moreau....(13)
Ce vil soudard sera votre bourreau.

Quels sont encore ces braves militaires
A qui l'on va couper les jugulaires?
C'est le fidèle et brave Cadoudal...... (14)
Ami du Roi, bien franc et bien loyal.

C'est vous Coster, Joyau, Burban, Merile
L'Elan, Mercier, Ducorps, Roger, Deville;
Exprès pour vous il fait des magistrats
Dont la plupart sont de vils scélérats.
Hémart, Thuriot, Bourguignon, Granger, Serve,
Que de leurs mains l'Eternel nous préserve!
Il les choisit pour vous assassiner,
Et les condamne à nous tous condamner.
Ils séduiront, useront d'artifice,
Et vous serez tous livrés au supplice.

A sa fureur vous serez immolés,
Et vos amis en seront désolés.

Mânes chéris! vous vivrez dans l'histoire,
Et vos parens de vous se feront gloire.
Par nos neveux, vous serez reconnus
Pour bons Français, pour honnêtes pendus;
Au lieu que lui, ce Corse si farouche,
Sera fameux comme défunt Cartouche;
Les nations ne liront ses forfaits,
Que pour blâmer la bonté des Français.

———

(VIII.) Les graciés, les condamnés à deux
ans de prison, la plupart des acquittés ont
été retenus en prison jusqu'au retour des
princes légitimes.

Vous Polignac, d'Hozier, Gaillard, Rivière,....(15)
Vous n'aurez plus d'asile sur la terre,
Pendant dix ans du fond de ses prisons
Vous craindrez tous son glaive et ses poisons.

Vous Russillon, vous Bouvet, vous Rochelle,
Vous vivrez tous sous sa griffe cruelle;
Pour vous soustraire aux coups du furibond,
Absolument il nous faut un Bourbon...... (16)

En attendant cette heureuse arrivée,
De tous les maux la France est abreuvée

2

Elle est en guerre avec tout l'Univers,
Et sous le joug du chef le plus pervers.
Nous vous prions, divine Providence !
D'en délivrer et l'Europe et la France.

(IX.) Guerres qu'il fomenta, qu'on peut
appeler guerres d'Allemands.

Comme Néron ce vil usurpateur
Dans le principe étoit moins oppresseur ; ..... (17)
Mais quand il tint les rênes de l'empire,
Ce fut alors que parut son délire.
Il lui falloit pour enrichir les siens
Tous les Etats, tout notre or, tous nos biens.

Il fit d'abord la guerre à l'Allemagne ;
Puis il trahit ses alliés d'Espagne.
Près de Weimar dépouilla Frédéric
Et saccagea Hambourg, Lubeck, Dantzick.

Il fit la paix ; mais il se tint en Prusse ;
Deux ans après, il fit la guerre au Russe.

Permettra-t-on que le fils d'un greffier
Donne des lois au Continent entier ?
Souffrira-t-on que les rois de l'Europe
Soient les vassaux de ce fou misanthrope ?
Non, Alexandre et les loyaux Anglais
Affranchiront l'Europe et les Français.

Lord Wellington le chassera d'Espagne,
Schwartzemberg sauvera l'Allemagne;
Blucher, Yorck, affranchiront Berlin;
Pour la Russie, ah vive Raptokin!
Ce rôtisseur fit grand mal au vandale
Quand il brûla la grande capitale.
Il le força de fuir dans les déserts,
Qu'y trouva-t-il? des dangers, des revers.

Il y perdit caissons, artillerie,
Tout son bagage et sa cavalerie;
Les noirs frimas gèlent ses grenadiers,
Et sa couronne, et ses sales lauriers.

(X.) Ses désertions, mort de Kléber, Desaix, etc.

Ce vil brigand pour conserver sa vie
S'esquive seul, s'enfuit de Moscovie.
Dans les déserts, ses soldats harcelés,
Sans feu, sans pain, sont occis ou gelés..... (18)

L'Univers sait l'exécrable conduite
De ce fuyard, de ce lâche Thersite..... (19)
Qui pour prouver sa grande fermeté
Très-lâchement cinq fois a déserté.

Nous savons tous qu'il déserta du Caire,
Et s'empara de tout le numéraire;

2.

Pourtant l'armée en avoit grand besoin,
Pour subsister dans un climat si loin.

Le franc Kléber instruisit de sa fuite, ... (20)
Mais sa franchise eut une triste suite.
Ce cruel tigre achète un scélérat,
Qui, pour de l'or, bientôt l'assassina.
Cet assassin fut pris par sa cabale,
Pour qu'il se taise, on le juge, on l'empale.

A Marengo Dessaix fut immolé, ... (21)
Sur ce forfait il avoit trop parlé.
Le Franc Comtois, en suivant cet exemple,
Fut étranglé, et mourut dans le Temple.
Les Castillans l'avoient déjà fait fuir,
Et Raptokin l'a fait beaucoup courir.

Pour déserter, ma foi, c'est un grand homme !
Qui fut de sang toujours fort économe :
Du sien, s'entend ; pour celui des Français,
Il est content s il coule avec excès.
Il revient seul, traverse la Pologne,
Et fuit toujours pour sauver sa charogne.

Il n'est donc plus qu'un lâche, un déserteur;
Mais il se sauve, et c'est un grand malheur.
Il vient encor ravager ma patrie;
Lever chevaux, soldats, cavalerie..... (22)

(XI.) Campagne en Misnie ; il fait heureusement la folie de passer le Rhin, ce qui nous
délivre de son joug.

Le voilà seul arrivé dans Paris :
Il fit venir ses lâches favoris,
Leur raconta ses malheurs, sa détresse,
Et dans l'instant un vil sénat s'empresse,
A décréter pour le fuyard vaincu,
Le dernier homme et le dernier écu.

De nos débris il se fait une armée;
Encore un coup l'Europe est alarmée;
Mais comme tout doit avoir une fin,
En téméraire il repasse le Rhin.
Si, par malheur, avec sa troupe neuve, ... (23)
Il fut resté sur la gauche du fleuve,
Qu'au lieu d'agir comme un olibrius,
Il eût mené sa troupe en Fabius ;
Si dans ses plans il eût mis un peu d'ordre,
Il eût donné bien du fil à retordre;
Mais l'Eternel vouloit nous délivrer
De ce tyran qui veut tout dévorer.

Sans nul obstacle, il va dans la Misnie;
Là, par bonheur, commence l'agonie.
Il fut vaincu dans les champs de Botzen,
Quoi qu'il en dise il le fut à Lutzen ; ...... (24)
Mais ses journaux nous racontoient des songes,
Et ses rapports étoient pleins de mensonges.

(XII.) Ses bulletins nous annoncèrent que Wrède et Blucher avoient été tués.

Wrede et Blucher sont tués par ses journaux (25).
Après leur mort ces deux grands généraux
Tambour battant le poursuivent en France,
Et tout concourt à notre délivrance.
Très rarement on voit des trépassés
Battre les gens qui·les ont terrassés ;
Mais notre siècle est fertile en merveilles :
Dans aucun temps en vit·on de pareilles ?

Croyez cela, messieurs les gobe tout ;
Croyez qu'un mort peut se tenir debout ;
Croyez, surtout, que l'usurpateur corse
Asservira l'Europe par la force.

Sur ce qu'il dit gardez-vous de douter ;
Il faut tout croire et ne rien discuter ;
Si vous alliez traiter cela de bourde,
Mons Rovigo vous enverroit à Lourde,
Dans les prisons qu'on appelle d'Etat,
Pour vous apprendre à faire l'avocat.

(XIII.) Mort de Moreau (26).

Mais l'imposteur fut bien trop véridique,
Quand il fit dire aux journaux de sa clique,

Qu'en arrivant Moreau fut emporté ;
Pour celui-ci n'est pas ressuscité.

Hélas! sa mort fut un coup bien funeste!
Le vingt de mars nous le prouve de reste.
Il est certain que ce loyal Breton,
Auroit logé les traîtres chez Pluton.

Brave Moreau! ton nom vit dans l'histoire,
La renommée a proclamé ta gloire ;
Mais ta patrie avoit besoin de toi
Pour soutenir le trône d'un grand Roi.

(XIV.) Déroute complète de l'usurpateur.

BIENTÔT après arrive la débâcle ;
Le Ciel pour nous fait un bien grand miracle ;
L'usurpateur n'est qu'un cogne fétu,
Il a beau faire il est toujours battu ;
On le poursuit jusqu'aux murs de Lutèce ;
Ma foi, c'est là qu'il use de prestesse ;
Il se démène et s'agite en tous sens ;
Mais odieux à tous les braves gens,
Il est forcé de chercher sa retraite
Et se cacher comme une malebête.

Fontainebleau sert d'asile au tyran ;
Là, ses pouvoirs sont vendus à l'encan.
Sénat, soldats, enfin tout l'abandonne,
Pour le défendre il ne reste personne...... (27)

(XV.) Il est forcé de renoncer à son usurpation,
et d'aller à l'île d Elbe.

Que fera donc dans ce château royal
Cet assassin, ce traître déloyal?

Je croyois bien qu'une longue potence
De ce Néron délivreroit la France;
Mais tout le monde eut pour ce révolté
Trop de clémence et par trop de bonté.

Avec ce lâche on traite, on capitule,
Et par écrit, on convient, on stipule,
Qu ce perfide à l'île d'Elbe ira,
Et que chez nous jamais il n'entrera.

Il le promet; on lui fait un bien–être;
Mais fiez-vous aux promesses d'un traître !
Ce monstre horrible est à peine parti,
Qu'au même instant on lui forme un parti..... (28)
Le jacobin, le cruel régicide,
Pour égorger ont besoin d'un tel guide.

Les partisans de l'antique terreur
Pas plus que moi n'aiment cet empereur ;
Mais cette horde honnie et diffamée,
Pour nous voler a besoin de l'armée.

(XVI.) Les factieux le font rentrer en mars 1815.

Un an de paix n'est pas encore fini,
Que nos bourreaux font rentrer le banni.
Postérité, pourras-tu jamais croire
Que, sans combattre, il ait eu la victoire !
Croiras-tu bien qu'un nouveau Busiris,
Sans coup férir, soit rentré dans Paris ?
Non : de tels faits paroissent incroyables,
Et nos neveux les prendront pour des fables.
Croiront-ils bien qu'un peuple si courtois
Ait pu trahir ses légitimes Rois ?
Non : ce bon peuple étranger à l'intrigue
N'entra pour rien dans cette infâme ligue..... (29)
Tous les Français adorent les Bourbons;
Mais dans l'armée, ah, que de furibonds!

Oui : ce vil Corse, aga des janissaires,
Dans son parti n'a que des militaires
Qui presque tous trahissent un bon Roi,
A qui pourtant ils ont juré leur foi;
Mais cette engeance adonnée au pillage
Ne peut souffrir un roi bon, juste et sage.
Elle préfère, un despote, un tyran ;
Voilà pourquoi tout suit ce chenapan.

Tous les soldats n'aiment point ce vil Corse;
Mais bien des chefs les font servir par force....... (3o)

Pour nous voler et pour nous asservir,
Il leur falloit un despote, un visir.

L'ambition tire de sa caverne
Cet Attila, ce Tamerlan moderne ;
Le voilà donc pour la seconde fois
Encor nanti du trône de nos Rois.

Dieu tout-puissant! Divine Providence!
Protége-nous, prends pitié de la France!
Fais que ce monstre, agent de Lucifer ;
Aille vomir sa rage dans l'Enfer.
Hélas! la France est déjà trop punie
De sa foiblesse, ou de sa félonie!
Délivre-nous de ce monstre abhorré!
Enfin rends-nous Louis-le-Désiré!

(XVII.) Persécutions de l'interrègne,
cris féroces.

En attendant le retour d'un bon père,
La France vit sous un joug bien sévère.
Les jacobins, sans mœurs, sans probité,
Ont en horreur la légitimité.
Les assassins de l'an quatre-vingt-treize
Espèrent tous d'égorger à leur aise ;
Et cette horde au nom de la terreur
Sème partout l'épouvante et l'horreur.

Faut-il encor quitter notre patrie,
Pour éviter leur rage et leur furie?
Il le faudra : les bons Français trahis
Ne pourront plus habiter leur pays.

Fuyez les lieux, nous disoient nos ancêtres,
Où les gens vils sont devenus les maîtres !
L'ami des Rois sera mis en prison,
Et torturé par ces brise-raison.
Que de fureurs! que de maux! que de peines!
Fondront sur nous pendant quinze semaines! ...... (31)

On fait crier par tous les vagabonds,
Vive le Corse! à bas tous les Bourbons!
Qu'est-ce qu'on veut par tous ces cris de rage ?
Organiser le meurtre et le pillage.
Ces furieux répètent à grands cris :
Vive l'Enfer! à bas le Paradis! .... (32)
Hélas, Grand Dieu fais cesser ces scandales!
Délivre-nous de ces vils cannibales !
Enfin rends-nous avec notre bon Roi,
La probité, l'honneur, la bonne foi. ..... (33)

———

(XVIII.) Les rois de l'Europe se liguent contre
l'usurpateur, et le mettent en déroute à
Waterloo.

MAIS on nous dit que les Rois de l'Europe
Sont tous ligués contre ce misanthrope,

Et que par eux nous serons délivrés
De ce perfide et de ses conjurés.
L'Europe veut punir son arrogance,
Et rendre enfin les Bourbons à la France.

J'espère bien que ce noble projet
Aura pour nous un salutaire effet.
Espérons tous qu'une seule bataille,
Désunira toute cette canaille;
Que nos tyrans, tomberont sous leurs coups,
Et qu'ils seront dévorés par les loups.

Déjà l'on dit qu'à la Belle-Alliance
Un seul combat a délivré la France;
Que Buonaparte et ses soldats félons,
Aux alliés ont montré les talons.

Voilà cinq fois que cet antropophage
Sur ses chevaux a placé son courage; ......(34)
En vrai Thersite il fuit loin des combats,
Laissant partout massacrer ses soldats.

Enfin l'on dit que notre grand monarque,
Revient de Gand pour gouverner sa barque.

Vive le Roi! nous sommes affranchis,
Tous nos Bourbons sont déjà dans Paris;
Mais a-t-on pris le plus méchant des hommes?
Non : il se sauve avec de grandes sommes.

Ce déserteur arrive à Rochefort
Avec celui qui partage son sort.

Il trouve là des traîtres, un navire
Pour le porter bien loin de son empire ;
Il reste là pour attendre le vent ;
Mais il comptoit sans le brave Maitland.
Ce grand marin l'a forcé de se rendre ;
Mais les Anglais n'ont pas voulu le pendre.

Il falloit faire à ce vil scélérat
Ce qu'en Calabre on a fait à Murat ;
Mais par bonté le Régent d'Angleterre
Laisse la vie au moderne Tibère ;
Fasse le Ciel que cette loyauté,
Ne trouble point notre tranquillité !

(XIX.) Il est transféré à l'île Sainte-Hélène.

Qu'est devenu ce vil énergumène ?
On l'a conduit à l'île Sainte-Hélène.
Là, séparé du reste des humains,
Il doit pester contre les Souverains.
Je ne crains plus les fureurs de l'infâme ;
Mais s'il avoit vomi sa vilaine âme,
Les bons Français seroient plus rassurés,
Et les méchans seroient plus modérés.

Mais puisqu'il est sous la zone torride,
Ne craignons plus les trames du perfide ;
Et s'il avoit chez nous un suppléant,
Qu'il soit soudain plongé dans le néant,

Les siens et lui fomenteront la guerre ,
S'ils ne sont mis dans un pâté de terre :
Punissons donc leurs horribles forfaits.

En attendant, Dieu nous promet la paix,
Puisqu'il nous rend un excellent monarque :
Si les Français avoient comme la Parque,
Entre leurs mains la trame de ses jours,
Tant qu'ils vivroient ils fileroient toujours.

ÉPILOGUE.

Pour ce bon Roi que tous nos cœurs s'unissent
Que de nos vœux les temples retentissent !
Par sa justice et sa noble candeur,
Il nous rendra la paix et le bonheur.
Protége, ô ciel ! ce prince magnanime !
Rends les Français à leur Roi légitime !
Ramène à lui tous les cœurs égarés !

Mais pour les chefs de ses vils conjurés
Qui sur son trône ont semé tant d'épines,
Absolument il faut des guillotines.

Cet instrument par eux imaginé,
Avec lequel ils ont assassiné
Et fait jadis tant d'illustres victimes,
Est le moyen d'empêcher bien des crimes.

Il faut punir tous ces traîtres pervers,
Pour conserver la paix à l'Univers.

Rassurons-nous, cette cruelle engeance
Ne fera plus les malheurs de la France ;
Elle auroit beau réunir ses efforts,
Les rois aimés sont toujours les plus forts.

Puisque le Ciel nous rend un si bon maître,
Ne craignons plus les adhérens du traître ;
Louis gardé par l'amour des Français,
Fera cesser l'intrigue et les forfaits.

Tant qu'on aura les fils d'Henri pour guides,
Ne craignons plus les trames des perfides.
Le Désiré saura les contenir,
En les faisant condamner et punir.

Faisons des vœux pour toute sa Famille ,
Pour d'Angoulême et pour l'auguste Fille,
De ce bon Roi la perle des mortels,
Assassiné par de vils criminels.

Oui, les Bourbons sauveront la patrie,
Qu'à tout moment chacun de nous s'écrie,
VIVE LE ROI! VIVENT TOUS LES BOURBONS!
A BAS LE CORSE! A BAS LES FURIBONS!

NOTES.

(1) Le père de Buonaparte étoit, en 1769, greffier du tribunal d'Ajaccio. Toutes ses propriétés consistoient en deux moulins qui donnoient huit cents francs, argent de Corse.

M. de Marbeuf alla loger dans la maison de ce greffier, la fit réparer et meubler; bientôt il représenta au roi que, dans un pays nouvellement conquis, il étoit politique d'illustrer quelques familles : et le greffier fut anobli. L'usurpateur et sa sœur Caroline furent élevés, l'un à l'Ecole militaire de Brienne, l'autre à Saint-Cyr.

(2) Le Sinon de l'Enéide usa d'une grande astuce pour tromper les Troyens; mais cette perfidie ne fut employée que contre les ennemis de son pays : au lieu que le Sinon de la Corse a employé toutes sortes de fourberies pour tromper les Bourbons d'Espagne. Le trop confiant Charles IV avoit pourtant sacrifié toute sa marine à Trafalgar, pour Buonaparte. Son armée, sous le commandement du fidèle la Romana, étoit à son service sur les bords de la Baltique. Toutes ces faveurs n'empêchèrent pas ce fourbe d'attirer le père et le fils en France, de les incarcérer, etc. etc.

Je défie qu'on trouve dans aucune histoire l'exemple d'une semblable atrocité.

3

(3) Sa lettre à Pie VI, en date du 5 ventose an V, est un contraste bien frappant avec la conversation qu'il eu avec les muftis d'Egypte, dans la pyramide de Cheops. C'est là qu'il renonça et qu'il avilit la religion catholique ; c'est là qu'il fit les plus belles protestations à Allah, et qu'il parla avec enthousiasme de Mahomet, du Koran, et promit d'aller en pèlerinage visiter son tombeau. Qui auroit cru qu'il avoit l'intention de rétablir le culte catholique, et de faire un Concordat avec Sa Sainteté !

(4) L'armée de ce tyran avoit pris d'assaut la ville de Jaffa. Ce bourreau fit passer une partie de la garnison au fil de l'épée ; mais le plus grand nombre s'étant refugié dans la mosquée, capitula, et obtint, en apparence, grâce de la vie.

Trois jours après, le Corse ordonna à ces malheureux de se rendre sur une hauteur hors de la ville. Une division d'infanterie française, eut ordre de se poster, en guet-à-pens, sur une ligne vis-à-vis. Un coup de canon annonça l'horrible carnage. Des volées de mousqueterie et de mitraille furent tirées sur ces infortunés, sans défense ; ceux qui ne furent pas tués par les balles et la mitraille, furent éventrés à coups de baïonnettes.

Le tyran regardoit de loin, avec un télescope, ce cruel événement. Dès qu'il vit la fumée s'élever, il fit un cri de joie : ce lâche assassin avoit peur que ses soldats fussent encore Français ; malheureusement ils ne l'étoient plus.

(5) Le fait ci-dessus est, sans doute, bien atroce ; mais celui de l'empoisonnement de ses propres soldats, malades ou blessés, l'est encore bien plus. Le voilà tel qu'il est rapporté par des témoins oculaires.

Il envoya chercher un médecin de son armée et lui dit :
« Nous avons trop de malades dans les hôpitaux ; il faut
» prendre un parti, et c'est à votre art à nous en débar-
» rasser. » Le médecin étant homme et honnête homme,
lui répondit : « Mes principes et la dignité de ma pro-
» fession ne me permettent, ni d'assassiner, ni d'em-
» poisonner personne ; » et il partit.

Les remontrances de cet honnête homme ne détour-
nèrent pas le tyran de son horrible projet. Il trouva un
pharmacien qui mêla une forte dose d'opium dans des
mets agréables ; ces malheureux en mangèrent avec avi-
dité, et cinq cent quatre-vingts de ses soldats périrent
empoisonnés par ordre de leur général. Ici le cœur me
manque, et la plume me tombe de la main.

(6) La loi salique excluoit en France les filles du trône,
par la raison que les Français n'ont jamais pu supporter
la domination d'un prince étranger. Cherebert, les fils
de Philippe-le-Bel, Louis XII, avoient des filles ; ni elles,
ni leurs époux n'ont régné par cette raison. Comment
les Français ont-ils eu au dix-neuvième siècle la lâcheté
de souffrir sur le trône un goujat corse ?

(7) La machine infernale est et sera long-temps un
problème inexplicable. On a accusé les royalistes, on
a accusé les jacobins ; et l'on ne saura jamais ni quels
royalistes, ni quels terroristes sont les auteurs de cette
machine.

L'auteur dînoit, un jour, à la Conciergerie avec le
brave Georges Cadoudal et un de ses officiers, M. Roger.
Ce dernier étoit accusé, dans l'infâme procédure, d'être
l'inventeur de cette machine. Georges lui dit en ma

présence : « Roger, on vous fait plus habile que vous
» n'êtes; vous n'êtes ni ingénieur, ni artificier, et ce-
» pendant on veut que vous ayez imaginé et fabriqué ce
» pétard. Vous et moi sommes bien capables de nous en
» servir contre ce vil brigand; mais nous ne sommes pas
» assez habiles pour l'imaginer et le faire. Cette machine
» l'a fait consul à vie; eh bien, l'assassinat du brave duc
» d'Enghien et le nôtre le feront empereur. Dieu soit loué!»

(8) L'assassinat de notre bon monarque à Dillingen, ne
peut pas être imputé à Buonaparte; mais la tentative
d'empoisonnement à Varsovie lui fut attribuée par plusieurs journaux allemands, et toute l'Europe le crut.

(9) Beaucoup de journaux parlèrent en 1803 de ten-
tatives d'empoisonnemens faites à Varsovie. Tout le monde
crut que ces crimes horribles avoient déterminé S. M. à se
retirer à Mittau.

(10) L'auteur étoit au secret au Temple, lorsqu'on
crioit l'assassinat de cet illustre prince. Il crut que ce
brigand l'avoit fait condamner, mais qu'au lieu de le faire
assassiner, il le conservoit pour pouvoir faire quelque
convention avec son illustre famille. Il sortit cinq jours
après du secret, et trouva le général Moreau qui avoit
fait le même jugement; mais sa bonne épouse vint le lendemain, et lui dit que c'étoit un gage que l'assassin
avoit donné aux régicides pour se faire nommer empereur. Beaucoup d'autres personnes nous répétèrent le
même fait.

(11) Je m'interdis toute réflexion sur cette cérémonie.

(12) Hélas! oui : malheureusement il y a quelquefois de l'humanité à se défaire de beaucoup de monde. Notre horrible révolution nous l'a prouvé de reste. Si le trop bon Roi Louis XVI eût ordonné qu'on nous débarrassât tout au plus de douze cents factieux, il eût sauvé la vie à plus de quinze millions d'hommes. Un particulier ne doit répandre le sang de personne; mais un Roi ne doit pas craindre de faire couler le sang impur!

(13) Il est avéré que le brave Franc-Comtois, Pichegru, fut empoisonné avec de l'opium, au Temple, et que le Corse fit faire un rapport trop ridicule sur cet assassinat. Le malheureux et vertueux capitaine Wricht fut battu et volé, la veille de sa mort, par les agens de la police. La nuit suivante il fut égorgé. On mit dans le rapport, qu'on fit, sur cet assassinat, qu'il se coupa la gorge avec un rasoir. Il faut que le public sache que ce brave Anglais étoit au secret depuis quatorze mois, et que là on n'avoit jamais de rasoirs.

(14) Je ne puis parler du brave général Georges Cadoudal sans être pénétré d'une grande vénération; peu d'hommes ont autant d'honneur, de religion, de morale, de justice, de probité et de dévouement pour ses légitimes souverains que ce brave Breton. J'étois logé à côté de lui à la Conciergerie; je l'ai beaucoup étudié, et j'avoue que j'ai vu peu d'hommes qui vaillent autant que lui. Ses officiers qui furent égorgés avec lui étoient bien dignes de leur chef.

(15) Tous ces braves et bons royalistes échappèrent à la mort; cet assassin crut qu'il étoit politique de commuer leur supplice en quatre années de détention; mais ces

illustres malheureux ont resté dix ans incarcérés, et le seroient encore si la Providence ne nous avoit débarrassés de ce monstre.

M. le comte Jules de Polignac qui avoit été condamné à deux ans de détention y a resté autant que les condamnés à mort. L'auteur de ce petit ouvrage, Victor Couchery, d'Atry, et plusieurs autres, y ont été détenus autant que les autres, quoiqu'ils eussent été acquittés.

L'auteur a demeuré sept ans dans les mêmes prisons que les deux braves frères Polignac. On venoit souvent visiter leurs papiers, heureusement qu'on n'y trouvoit rien. Mais si une muraille de l'enclos tomboit de vétusté, on les mettoit au secret ainsi que l'auteur, jusqu'à ce qu'elle fût réparée. L'auteur a eu l'honneur de coucher dans la même chambre que M. le comte Jules; celui-ci essaya de se sauver, mais il échoua; ils furent l'un et l'autre arrachés de cette chambre, et mis au secret le plus rigoureux.

(16) Les deux frères se sauvèrent enfin d'une maison qu'on appelloit de santé. Madame la comtesse de Polignac (Armand) a dû beaucoup contribuer à cela. Cette dame céleste allie au bon cœur d'une femme le courage d'un homme entreprenant.

(17) Il n'y a pas trop de comparaison entre les commencemens du Néron romain et ceux du Néron corse; le premier étoit fâché de savoir écrire quand on lui présentoit un arrêt de mort à signer. Le Néron corse n'eut jamais de ces scrupules; car il signala son entrée au consulat par l'assassinat de M. Toustaing, âgé de dix-huit à dix-neuf ans, dont le crime étoit d'avoir eu quelques cocardes blanches dans sa malle. L'auteur a

demeuré long-temps dans le même secret que le père de ce malheureux enfant. Ce père désespéré y avoit dessiné le portrait de cet enfant regretté. Il avoit écrit au bas des lamentations qui faisoient frémir ; l'auteur ne pouvant supporter les plaintes écrites de ce père malheureux, effaça et le portrait et les élégies.

(18) L'histoire de la retraite de Moskou qui n'étoit pas conduite par un Xénophon, fera frissonner d'horreur toutes les races futures.

(19) Thersite étoit le plus lâche des Grecs, et il n'en étoit pas moins fanfaron ; car il insulta Achille qui le tua d'un coup de poing. On dit que le nouveau Thersite a donné des coups de poing et des coups de pied à quelques-uns de nos braves ; mais on ajoute qu'il les payoit tout de suite bien largement, et personne ne l'a tué. Il battoit jusqu'à ses chefs de justice ; mais on souffroit tout de lui,

(20) Kléber écrivit au Directoire la désertion du Corse, et l'instruisit de la triste position où se trouvoit l'armée par l'enlèvement qui avoit été fait de l'argent de la caisse. Ses dépêches furent livrées au Corse, qui déjà étoit à la tête du gouvernement, comme premier consul. Un turc, nommé Soliman, fut payé pour l'assassiner, et empalé pour qu'il ne parlât pas.

Voilà ce que m'a assuré le général Reynier en arrivant d'Egypte. Le général Destin, que Reynier tua le lendemain, et qui étoit président du tribunal qui condamna l'assassin de Kléber, a dit en ma présence, que cet empalement avoit été commandé par la politique.

(21) Le même général Reynier m'a assuré que la mort

du général Dessaix avoit été ordonnée à Marengo par le tyran. Reynier n'aimoit pas le Corse ; mais il étoit franc Suisse , et incapable de mentir.

(22) Si le sénat avoit eu de l'énergie , ce déserteur méritoit d'être jugé et mis à mort ; au lieu de faire justice , ce sénat mit à sa disposition le reste des hommes et le reste des chevaux de la France.

(23) Le plus grand bonheur qui ait pu arriver à la France, est que le tyran ait été absolument fou ; s'il avoit eu une idée de sagesse, il se seroit retranché dans les places de la rive gauche du Rhin, et toutes les puissances auroient traité avec lui , et lui auroient laissé tout le royaume de France tel qu'il est ; mais ce royaume étoit trop peu de chose pour le fils d'un greffier d'Ajaccio !

(24) L'observateur sensé ne put pas s'empêcher de voir qu'il avoit été battu à Lutzen. Tous ceux qui y étoient ont assuré qu'il y avoit perdu un monde considérable ; mais les alliés , pour l'engager à s'avancer davantage , lui abandonnèrent le champ de bataille. Il n'en falloit pas davantage pour que ses bulletins criassent victoire. Il ne s'aperçut qu'à Bautzen de son impéritie.

(25) Tous les journaux nous annoncèrent la mort de ces deux braves généraux ; mais si les os de Joseph prophétisèrent après sa mort, ceux de ces deux braves nous rendirent de grands services après la leur, puisqu'ils contribuèrent beaucoup à nous délivrer de cet astucieux tyran.

(26) La mort du brave Moreau fut une grande calamité ; il n'y avoit que lui qui pût ramener les militaires à la

bonne discipline et à la justice. Il étoit aimé de toutes nos armées, et il connoissoit mieux que personne les astuces du tyran, qu'il détestoit autant que qui que ce soit ; s'il étoit entré avec les Russes, je suis sûr qu'il n'auroit pas laissé vivre ce perfide tyran.

(27) La défection apparente de tous ces sycophantes, prouve bien qu'un tyran n'a jamais de vrais amis. Bertrand est le seul qui lui ait été fidèle. J'ai conversé plusieurs fois avec ce général, et j'avoue qu'il m'a paru avoir plus de morale que ses camarades : il n'avoit pas l'air d'avoir beaucoup d'esprit ; mais on ne peut pas dire qu'il n'a pas un bon cœur. Je regarde son attachement inviolable à l'usurpateur comme un crime ; mais ce crime fait l'éloge de son cœur : je voudrois bien que notre bon Roi fût environné de beaucoup de cœurs aussi fidèles que celui de ce Bertrand.

(28) Je n'aime pas Bertrand, mais il m'est impossible de le mépriser ; au contraire. Est-il rien d'aussi vil et d'aussi méprisable que tous ceux qui, après avoir prêté serment de fidélité au Monarque légitime, ont correspondu avec le traître, ont eu la bassesse de ne pas découvrir les projets de ce fourbe, et de l'aider, au contraire, à les exécuter ; en vérité, je n'aurois pas cru qu'il y eût en France des hommes aussi lâches et aussi perfides.

(29) Non, non : la très-grande majorité des Français étoit bien prononcée pour la légitimité ; mais, comme il arrive toujours dans les révolutions, sa faction agissoit d'accord ; au lieu que les vrais amis du trône étoient sans aucune communication, et par conséquent sans force, comme des hommes pris isolément.

J'étois à Bordeaux en même temps que la princesse céleste ; je puis protester que sur quatre-vingt-dix mille habitans, quatre-vingt neuf mille se seroient armés pour la légitimité ; il n'y manquoit qu'un chef connu, tant soit peu entreprenant. Mais malheureusement ! ! ! !

(3o) J'étois en prison au fort du Hâ, à Bordeaux. Un jour que M. le chevalier de Castelnaud, mon compagnon d'infortune et moi nous promenions dans le jardin , c'étoit un vendredi, un soldat étoit couché derrière un sureau. La sentinelle arrive, et lui dit : « Camarade, il y aura » après-demain du vin pour crier vive l'empereur ! » « Ils » ont bien besoin, lui dit l'autre, de nous enivrer pour » nous faire crier cette bêtise ; car, excepté quelques » mâtins d'officiers, je ne crois pas que personne le crie » de bon cœur. » — « Tu as bien raison ; mais il faut » boire. »

(31) A Bordeaux , une poignée de factieux entreprirent de rétablir la terreur. Beaucoup de vrais royalistes furent incarcérés arbitrairement. Le préfet, qui approuvoit, sans doute , ces horreurs, mais qui n'en vouloit pas avoir l'air, défendit d'écrouer les prisonniers ; de sorte que l'auteur n'a jamais pu obtenir d'écrou, ni savoir pourquoi, et par les ordres de qui il a été arrêté.

(32) Ce cri infâme s'est rarement fait entendre ; mais *vive le Corse , à bas les Bourbons,* signifient bien ce cri horrible.

(33) L'honneur et la considération étoit une monnaie avec laquelle nos Rois payoient beaucoup de monde. Qu'on se rappelle que jadis beaucoup de juges payoient pour

juger, et que beaucoup de militaires payoient pour combattre. L'honneur et la considération faisoient tout faire ;
ces monnaies sont, absolument perdues : Dieu veuille que
ce ne soit pas pour toujours !

(34) 1°. L'usurpateur déserta d'Egypte avec l'argent de
la caisse, et laissa l'armée dans la détresse. 2°. Il déserta
d'Espagne, et si promptement, qu'il arriva de Madrid à
Bayonne dans douze heures. 3°. Il déserta des déserts
de Moscovie, et laissa périr presque toute son armée de
faim, de froid et de misère. 4°. Il déserta de Leipsick, et
abandonna à la vengeance de l'ennemi toute la partie de
son armée qui n'avoit pas passé le pont de Lindenau.
5°. Enfin il déserta de Waterloo, et sans s'embarrasser de
son armée, il se réfugia à Rochefort, où il fut pris par
le brave Maitland.

Voilà pourtant l'homme à qui les sots accordent de la
bravoure, de la générosité, et des talens militaires. Pour
moi, je dis que cet être odieux al . tune grande lâcheté
à beaucoup d'astuce et de fourberie. Et voilà ce que ses
louangeurs appellent du talent !

www.ingramcontent.com/pod-product-compliance
Lightning Source LLC
Chambersburg PA
CBHW060837180626
46818CB00004B/1475